Ye

1937

Ye

1937

LA FRANCE SAUVÉE.

POËME.

Serus in cœlum redeas....

. . . .

Hîc ames dici Pater, atque Princeps ;
Hor. ad Aug. Od. II. Liv. I.

SECONDE ÉDITION.

M. DCC. LVII.

LA
FRANCE
SAUVÉE.

POËME.

TABLEAU que l'œil humain ne sçauroit soutenir ;
La honte du Présent, l'effroi de l'Avenir !
Le plus Grand, le plus Juste, & le Meilleur des Princes ;
Tel qu'autrefois Henri, l'amour de ses Provinces,
Cher à tout l'Univers, le Roi même des cœurs.....
Par un Fer sacrilège.......ô Spectacle d'horreurs !

A

Non ! je ne puis vous peindre à la Race future !
J'entens se récrier la France & la Nature ;
Je vois, aux premiers traits que tente mon pinceau,
Du Jour épouvanté reculer le Flambeau :
A de moindres forfaits refusant sa lumiere,
Mycenes, tu l'as vu retourner en arriere !
Sensible même, ô Dieux ! le pinceau me trahit,
Et sous ma main tremblante il se révolte & fuit !
Il faut.... il faut pourtant qu'une terrible Image,
Mortels, montre à quel point peut vous porter la Rage,
Peut vous pousser l'Enfer & tous ses noirs Démons,
Lorsque livrant votre ame au feu de leurs Tisons,
Vous étouffés en vous cette Flamme divine.
Dont vous tenez, Ingrats, la vie & l'origine !
Monstres qu'on nomme Humains, & qui l'êtes si peu,
A de semblables traits reconnait-on un Dieu.....
Reprenons mes pinceaux ; que le Crime en frémisse ;
Que mes Ecrits vengeurs commencent son supplice ;
Puissent-ils apporter dans le cœur des Méchans
Le Remords plus cruel, encor que les Tourmens !
Puissent-ils..... si jamais...... mais à former cette Ame
Le Tartare épuisa ses poisons & sa flamme.

   Ma Patrie, ose voir ce Portrait effrayant
Que tu voudrois hélas ! effacer de ton sang ;

Il te rendra plus cher l'Objet de ta tendresse
Ce Roi qui dans tes bras..... que ton défespoir cefle;
Souleve enfin ce Voile, & revois la clarté:
Revois ton Roi vivant & plein de majefté.
Tu pleures, tu gémis, tu meurs dans l'amertume,
Tu meurs..... qu'un de tes Fils... la douleur te confume;
Va ! tes autres Enfans le feront oublier:
Il ne fut point ton Fils, l'horrible Meurtrier !
Les Enfers l'ont vomi de leur brûlant Abîme,
Pour fouiller cette Terre & lui prêter leur crime.

Noble ardeur du Français, digne amour de mon Roi,
Digne amour de LOUIS, viens me remplir de toi;
Sois mon feu créateur, mon fuprême Génie;
Recueille dans mes Vers les pleurs de ma Patrie:
Que ces Vers, Monument de nos juftes Regrets,
Par la Douleur gravés dans tous les cœurs Français,
En redoublant l'horreur pour un Monftre exécrable
Redoublent notre amour pour un Maître adorable.

Et Toi qui m'as vu naître, & puifer dans ton fein
Ce refpect attendri pour un autre Antonin,
Toi qui brûles de voir s'elever fon Image,
De lui porter tes vœux & ton plus pur hommage,
Paris, reçois ces vers confacrés à LOUIS,
De cet augufte Nom ils empruntent leur prix.

Cités qu'également vante & chérit la France,
Ne vous offensez point de cette préférence;
Votre amour pour vos Rois a sçû se déclarer;
Mais lorsque les Romains voulurent honorer
Ceux de leurs Empereurs dont LOUIS suit l'exemple;
Rome, c'est dans tes murs qu'on leur bâtit un Temple.

Ces Hommes demi-Dieux & dignes des Autels,
Heureux par le seul bien qu'ils faisoient aux Mortels,
Ces Ames dont la paix, l'amour, la bienfaisance
Composoient le feu pur & la céleste essence,
Qui voyoient sur leurs pas tous les cœurs empressés,
Marc Aurele & Titus...... Quels Noms j'ai prononcés!
Ce n'est qu'avec des pleurs que l'on peut les redire,
A la priere, aux vœux de tout un vaste Empire,
Au cri du Monde entier & de l'Humanité;
Avoient quitté l'éclat de l'Immortalité;
Ils avoient de l'Humain revêtu l'apparence;
Sous les traits de LOUIS ils gouvernoient la France;
Ce Monarque, comme eux de la Terre adoré
D'un sacrilége encens n'étoit point enyvré;
Il rejettoit ces noms de Foudre de la Guerre,
D'Arbitre des combats, de Vainqueur de la Terre,
Titres dont s'indigna l'Univers opprimé;
Hommes, on le nommoit LOUIS *le Bien-Aimé.*

Son Trône étoit l'Autel de l'Humanité fainte ;
Du Malheureux, du Pauvre il écoutoit la plainte ;
Il effuyoit les pleurs du Mortel affligé ;
Le Faible l'imploroit, sûr d'être protégé ;
Un regard de fes yeux diffipoit les allarmes :
Tout jufqu'à la Grandeur prenoit en lui des charmes.
Que dis-je ? il étoit Maître & goûtoit la douceur
De la pure Amitié fi digne de fon cœur.
Peu jaloux d'une gloire en ruines féconde
Il ne vouloit, hélas ! que rendre heureux le Monde ;
Que briller d'un éclat & doux & confolant ;
Soleil, ce n'étoit point ton flambeau dévorant
Qui brûle les Moiffons, qui tarit les Fontaines,
Et de l'Aridité couvre les triftes Plaines :
C'étoit ton feu facré, tes rayons bienfaiteurs
Qui font mûrir nos fruits, peignent nos Champs de fleurs ;
Se plaifent à nourrir la Nature embellie,
Et dardent avec eux la chaleur & la vie.
Le Laboureur content de vivre fous fa loi
A des chanfons fans art mêloit le nom du Roi ;
Ce nom de fes travaux abrégeoit la carrière ;
Rentré fous les rofeaux de fon humble Chaumière,
Pour récréer fes fens de fatigue émouffés,
Pour charmer fes Enfans autour de lui preffés,

Tandis qu'à l'écouter sa Compagne attentive
Suspendant son fuseau laissoit sa main oisive,
Il ne leur disoit pas. J'ai vû Paris, la Cour.
Il disoit simplement, plein de joie & d'amour;
J'ai vû le Roi. Les Fils apprenoient de leurs Peres
A nommer après Dieu LOUIS dans leurs prieres.
Peuple vraiment heureux ! Monarque vraiment grand !
LOUIS, envierois-tu l'Eloge de Trajan ?
Tu cachois tes Lauriers sous l'Olive innocente ;
Tu repoussois toujours la Victoire sanglante;
Toujours prêt à quitter le Glaive des combats,
Tu rappellois la Paix & lui tendois les bras.
Elle veilloit sur toi des Voutes azurées ;
Tes généreuses mains aux bienfaits consacrées,
Qui même à Fontenoi, dans les Champs du Trépas,
Ont répandu la vie, & sauvé des Ingrats,
A regret pour punir l'orgueilleuse Angleterre
Avoient repris l'Egide & lancé le Tonnerre.
Ainsi le Dieu des Dieux qui se plait dans ses dons,
Chaque jour, de la Terre humecte les sillons,
Y répand la rosée, & cette Ame agissante
Dont s'échauffe & se meut la Matiere impuissante ;
Et si son Equité le force à se venger
Des coupables Humains ardens à l'outrager,

Contraint de s'annoncer par la voix des Tempêtes,
S'il appelle l'Orage & la Nuit sur nos têtes :
Il gémit en troublant l'heureux Calme de l'Air,
Et sa Foudre ne part qu'après plus d'un Eclair.

De l'esprit de son Roi la France étoit remplie :
Tel l'Astre des Saisons brille, & se multiplie
Dans un Nuage empreint de ses vives couleurs.
Le Français d'un beau jour respiroit les douceurs.
Ces Démons odieux, & de *Ligue* & de *Fronde*
S'étoient précipités dans une Nuit profonde ;
Leur Regne étoit couvert de l'éternel Oubli ;
Dans leur Ombre un Dieu même avoit enseveli
La Superstition, Mere de tous les Crimes ;
Le Tems avoit sur eux fermé les noirs Abîmes.
Un nœud sacré joignoit, & le Trône & l'Autel
Tous deux ils se prêtoient un appui mutuel.
Sujets obéissants, non serviles Esclaves,
Le Peuple avoit des loix, & non pas des entraves ;
Le Devoir est borné, mais l'Amour ne l'est pas ;
Il donnoit au Pouvoir d'invincibles appas.
Glorieux de servir, quand il aime son Maître,
Le Français fait un Dieu d'un Roi digne de l'être ;
Il dressoit dans son cœur des Autels à LOUIS.
Les Arts enfin les Arts, du Ciel Présents cheris,

Parmi nous répandoient leur clarté la plus pure,

Des esprits cultivés solide Nourriture,

Ils avoient amené sur leurs pas bienfaisants

La Raison, fruit tardif de l'Etude & du Tems,

Cette Douceur aimable, aux Mœurs si nécessaire,

Par qui même à l'Anglais ma Nation sçait plaire :

La tendre Humanité, les Vertus, les Plaisirs,

Et tous ces Goûts Enfants d'ingénieux Loisirs.

France, ils t'avoient appris à connaître une Gloire

Au-dessus de l'éclat dont brille la Victoire,

A combattre sans haîne, à vaincre sans orgueil,

A voir tes Ennemis & tes Fils du même œil ;

A dompter tes Rivaux, sans le secours des Armes ;

Par tes Talents polis, ta Sagesse & tes Charmes :

A chasser loin de toi ces Préjugés honteux,

Ces Mensonges grossiers qui faisoient à tes yeux

De la Noblesse oisive un Néant honorable,

Et du Commerce utile un Trafic méprisable.

Les Arts, par leurs Travaux, leurs Préceptes flatteurs,

Par la Voix de Voltaire & ses Vers enchanteurs,

Par la voix de Voltaire. M. de Voltaire est le premier Poëte Français
qui ait dit des choses & non des mots. C'est le premier aussi qui ait sçû tour-
ner la Maxime en Sentiment. Ses Ecrits ne respirent que l'amour de l'humanité,
l'obéissance & le respect dûs au Souverain, la bonté du Maître dûe à son Peuple. Nul Auteur n'a sçu mieux que lui combattre le Fanatisme & la Sédition, il
les a rendus également odieux & ridicules.

Dans

Dans l'amour des Humains affermiſſoient ton Ame :
Des plus beaux ſentiments ils y verſoient la flâme ;
Ils échauffoient ſurtout ton zéle & tes tranſports
Pour un Roi, qui daignoit careſſer leurs efforts ;
Ils te montroient, de Mars la Demeure chérie
Berceau de la Valeur par ton Maître ennoblie ;
Ces fertiles Canaux & ces hardis Chemins,
Où notre art s'applaudit & diſpute aux Romains ;
Le Louvre, Monument ſi cher à la Patrie,
Déterré de la Fange & de la Barbarie ;
LOUIS armant le bras d'un Peuple de vainqueurs,
Mahon fumant encor ſous ſes Foudres vengeurs.
Tandis que tes Vaiſſeaux, nés à ſa voix féconde,
Alloient porter ta gloire au bout d'un nouveau Monde ;
Tandis qu'en écartant la Guerre de tes Bords,
Contre la perfidie il aſſuroit tes Ports,
Qu'il effaçoit ta honte & ton ignominie ;
Qu'il relevoit Dunkerque & ton puiſſant Génie ;
Tu recueillois le fruit de ſes heureux bienfaits :
Les foudres d'Albion ne troubloient point ta paix.

Le Dieu de l'Univers, le Maître des Royaumes
Qui voit ſous ſa Grandeur, pareils à ces Fantômes

Berceau de la Valeur par ton Maître ennoblie. L'École Militaire, & l'Edit de
la Nobleſſe Militaire.

Que les Rayons du Jour font disparaître & fuïr,
Les Empires divers naître & s'évanoüir,
En créant chaque Etat, & le couvrant de l'aîle
D'un Ange tutélaire, à fa garde fidéle,
Le foumit aux fureurs d'un Démon malfaifant,
Qui fouvent plus que l'Ange eft heureux & puiffant.
Sur fes Décrets profonds que l'Humaine Faibleffe
Tremble d'interroger l'éternelle Sageffe.
Dieu voulut. A ce mot, Terre, proftérne toi,
Baiffe les yeux, adore, & fléchis fous fa loi.
Son Ouvrage, la France, ainfi que chaque Empire
A fon mauvais Génie armé pour la détruire ;
C'eft ce Démon jaloux qui domptant à la fois
Le cri de la Nature & la force des Loix,
Du Trône repouffa l'Héritier légitime,
Y mit le Prince Anglais pour couronner fon crime,
Arbora dans Paris les fanglants Léopards,
Immola l'Héroïne Appui de nos Ramparts ;
C'eft Lui qui répandant l'aveugle efprit de Schifme,
Evoqua des Enfers le cruel Fanatifme,
De notre propre Sang nous fit verfer des flots......
France, revois toujours ces horribles Tableaux !

   Il venoit de quitter les Champs de l'Angleterre,
D'y fouffler contre nous les fureurs de la Guerre ;

Il atteignoit nos Bords : en franchiſſant les Mers,
Il apperçoit un Roc, l'épouvante des Airs ;
Sur ſa Cime s'éleve un Edifice immenſe,
Ou parait d'un Dieu même habiter la Puiſſance ;
Ses Murs d'acier poli, de lumiere éclatants,
Renvoyoient au Soleil mille traits plus brillants ;
Deux Portes, de criſtal & d'argent rayonnantes,
Pareilles en richeſſe aux Portes tranſparantes
Que les Heures ouvroient devant le Dieu du jour
Annoncoient aux regards ce merveilleux Séjour,
   Le Génie étonné, qu'attire ce Spectacle
Y vole ; une Statüe eſt le premier Miracle
Qui dans ces Lieux ſe montre à ſon œil curieux,
Un laurier couronnoit ſon front victorieux ;
La douceur tempéroit Sa Majeſté ſuprême ;
La modeſte Vertu tenoit ſon Diadême ;
A ſes pieds rugiſſoit le Démon des Combats ;
La ſainte Humanité la ſerroit dans ſes bras
Avec ces doux tranſports, prix de la bienfaiſance ;
Et ſembloit la montrer à la Reconnaiſſance
Qui lui baiſoit les mains & les baignoit de pleurs ;
L'Amour pour ſon tribut lui préſentoit des Cœurs.
Monuments de vengeance & d'éternelles haînes,
Eſclaves frémiſſants ſous le poids de vos chaînes,

B ij

Monarques infultés par un Trophée honteux,

Peuples humiliés, illuftres Malheureux,

Victimes de l'orgueil, & d'un pouvoir trop vafte,

Vous n'environniés point cette Image fans fafte.

Des Etats raffurés & commis à fa foi,

Des Heureux ! des Amis ! & je parle d'un Roi !

La Victoire modefte, adoucie à fa vûe ;

Voilà quels Monuments entouroient la Statüe.

Au lieu de murs détruits & de brillants forfaits,

Sur le marbre fenfible on lifoit des bienfaits.

La chafte Vérité que tout ornement bleffe,

Au-deffous de l'Image affife avec nobleffe,

Offroit ces mots infcrits de fes féveres mains ;

Au plus jufte des Rois, au meilleur des Humains.

    Ah ! c'eft LOUIS, s'écrie en écumant de rage

Le perfide Génie... ... Oui : tu vois fon Image,

Dit une voix qui vient irriter la fureur

Du Démon, de la France ardent Perfécuteur,

C'eft Lui-même. En ces Lieux la Vertu révérée

A d'immortels honneurs eft par moi confacrée.

Tandis que fur la Terre, expofée à tes coups,

Elle éprouve fouvent ton infernal courroux,

Ici la Vérité fçait lui rendre juftice.

Vois l'éclat de LOUIS ; qu'il faffe ton fupplice.

Sur mes dons éternels tu n'as aucun pouvoir.
De ce Spectacle heureux nourris ton désespoir.
Mais c'est assés souffrir que ton œil le contemple.
Sors. L'Immortalité te chasse de son Temple.
Ah! Français, c'en est trop ! Votre Roi, ses Etats,
Ses vertus à mes yeux de nouveaux attentats,
Vous, disparaissés tous sous ma promte vengeance.
Il dit. Et dans les Cieux le Barbare s'élance;
D'une trace enflâmée il sillonne les Airs,
Se précipite, & tombe aux gouffres des Enfers :
Et dans ses flancs d'où sort une vapeur impure,
L'Abîme l'engloutit avec un long murmure.

    Digne rival d'Homere, O Toi dont les pinceaux
Nous ouvrent de l'Enfer les brulants soupiraux,
Dans ses Champs désolés malgré nous nous entraînent;
Par un plaisir affreux toujours nous y ramenent;
Viens m'enseigner cet Art qui maîtrise l'esprit,
Qui, te faisant regner en Tiran qu'on chérit,
Verse un jour séduisant sur tes clartés funébres,
Et prête des attraits à l'horreur des Ténébres.

    Il est, près de ce Lieu du Soleil abhorré,
Séjour de désespoir aux Tourments consacré,
Une Caverne obscure, encor plus détestable,
Plus lugubre, plus sombre, & plus épouvantable.

Digne Rival d'Homere. Milton.

Le Démon qui creufa ce Gouffre de terreur,
Recula confterné de crainte & de frayeur;
Les Torches de la Mort éclairent cet Abîme,
Le Cachot de l'Horreur & le Berceau du Crime.
Sur un Tombeau plaintif & qui lui fert d'Autel,
L'Efprit le plus farouche & le plus criminel,
Eternel inventeur de nouvelles fouffrances,
A cet Antre préfide, y dicte fes vengeances;
Affife fur fon Front avec tous fes Serpents
La Rage en fait jaillir mille éclairs menaçants;
D'une main il fecoüe un Glaive Parricide;
L'autre main s'applaudit d'une Coupe homicide,
Ecumante de Pleurs, de Sang, & de Poifons.
Autour du Tombeau vole un Peuple de Démons,
Tels que d'impurs Oifeaux que les ombres font naître,
Miniftres empreffés d'obéir à leur Maître.
A fes pieds font rangés des Poignards affaffins,
Tous les Traits dont la Mort immole les Humains.
C'eft-là que font nourris ces Crimes dont l'audace
Plus d'une fois du Monde à pû changer la face,
L'Ignorance, l'Orgueil, l'ardente Ambition,
Le plus cruel de tous, la Superftition,
La Tirannie enfin. C'eft de-là que s'envolent,
Sur ce Globe tremblant que leurs fureurs défolent,

Ces Esprits destructeurs qui soufflent le Trépas,
La Famine, la Peste, & la Soif des Combats :
Qui brisent les Autels, qui renversent les Trônes,
Qui même de la Terre ébranlent les Colonnes,
Et de cet Univers font un vaste Tombeau.
Lisbonne brule encor des feux de leur flambeau !
C'est-là que sont forgés ces Glaives de la Guerre,
Ces Chars ensanglantés qui ravagent la Terre,
Tous ces Sceptres d'airain, ces Chaînes & ces Fers
Dont les Tirans heureux accablent l'Univers.
Là d'un limon impur détrempé dans vos flâmes,
Démons, vous paîtrissés ces scélerates Ames,
Instruments des Forfaits & de la Cruauté,
Fléaux de la Nature & de l'Humanité,
Par le vil Intérêt aux Attentats venduës,
De l'Echaffaut vengeur à vos Cachots renduës.
Là, le dirai-je enfin ? Dans un obscur Détour
Sanctuaire abhorré de cet affreux Séjour,
Prêtresse de l'Erreur & de la Barbarie,
Le bandeau sur les yeux, une sombre Furie
Aiguise ces couteaux qui de nos meilleurs Rois .
Fuis.... Spectacle odieux que toujours je revois !
  Notre Persécuteur vient d'Abîme en Abîme,
Rouler jusqu'en ces Lieux la fureur qui l'anime.

D'une nouvelle horreur cet Antre se remplit,
Et d'un long hurlement la Voute retentit,
Elle s'ouvre. Mon Frere, entens ma voix plaintive.
C'est trop long-temps laisser notre Vengeance oisive :
Ramasse tous ses traits, rallume ton couroux ;
Que l'Empire Français s'écroule sous nos coups ;
Pour hâter sa ruine, il me faut un grand crime,
Le Sang le plus sacré. … . La plus grande Victime. … .
Je t'en ai dit assés … . Moi-même, j'en frémis.

     A ces mots les Démons demeurent interdits.
Cent Foudres à l'instant dans la Caverne grondent,
Et par autant d'échos les Enfers leur répondent.

     Ennemi de la France, Ennemi des Bourbons,
Je t'entens, lui répond le Tiran des Démons.
Sur sa tête aussi-tôt tous ses Serpents se dressent.
Sans doute à tes succès les Enfers s'intéressent,
J'embrasse tes desseins ; je ressens tes fureurs ;
Ton ame toute entiere à passé dans nos cœurs.
Mais comment te servir ? Mes mains sont enchaînées,
Cet Antre voit mourir nos vengeances bornées.
Ma Fille, mon Appui, l'Ame de mes travaux,
La Superstition languit dans ces Cachots,
Cet heureux temps n'est plus, où par sa main sacrée,
Des feux de l'Encensoir la France dévorée,

Au

Au crime toujours prête & rebelle à ſes Rois,
Oſoit ſouiller le Trône & violer ſes droits !
Un Pontife modeſte à ſçû joindre dans Rome
L'humanité du Sage, aux talens du grand Homme :
De la Religion il ſert les intérêts,
Mais la ſeule Vertu cimente ſes Décrets.
La Nobleſſe à la fois courageuſe, éclairée,
Par penchant & par choix à ſes devoirs livrée,
Ne connait que l'Honneur, & n'aſpire aujourd'hui
Qu'à vivre pour ſon Prince, & qu'à mourir pour lui.
L'Ame la plus groſſiere eſt de ce feu nourrie,
Ils portent cet amour juſqu'à l'idolâtrie.
Les Arts ſur-tout les Arts, mes mortels Ennemis,
M'ont enlevé ce Peuple à mes fureurs ſoumis,
Ils ont ouvert ſes yeux, ils ont changé ſon être....
Ma gloire eſt éclipſée & ne peut plus renaître !
A peine on ſe ſouvient de mes combats fameux !
Le dernier des Français Citoyen orgueilleux
S'arme de la Raiſon, & n'écoute plus qu'elle.....
Si dans ce Peuple immenſe, à mon culte infidele,
Enflammé pour ſon Roi d'un amour éprouvé,
Il en pouvoit être un ! un ſeul.... je l'ai trouvé !
S'écrie avec tranſport le barbare Génie !
Au ſein de la baſſeſſe & de l'ignominie,

Dans l'état le plus vil, dans la Fange des rangs,
Dans la fouillure enfin des crimes les plus grands
J'ai foüillé, j'ai trouvé cette Ame monftrueufe,
Affez dénaturée, affez audacieufe...
Qu'il faut encor pourtant de ta rage échauffer.
Appelle à ton fecours tes Démons, tout l'Enfer ;
Tu le peux ; tu le dois ; achève mon ouvrage.
Et le voici.... Soudain à fes piés un Nuage
S'entr'ouvre & laiffe voir, l'Enfer en a pâli !
Le Monftre..... un Charme affreux le tenoit affoupi ;
On lifoit fur fon front un crime abominable :
Tout décéloit l'horreur de fon ame exécrable.
Telle, fur ces Amas de Foudres fouterrains,
Nouveaux Enfers creufés des éternelles Mains,
Des Rochers entaffés la Maffe menaçante
Exhale de fa Cime une vapeur brûlante.
Ainfi le Ciel couvert d'une effroyable Nuit,
Annonce le Tonnerre & la Mort qui le fuit.
Du Perfide auffi-tôt tous les Démons s'emparent ;
Déja les noirs Poifons, les Flammes fe préparent ;
Sous leur Magique effort fon Sang coule & tarit,
Dans fes Veines déja s'allume & s'épaiffit
Le Venin infernal chargé de tous les Crimes :
Ces Coupables, l'Effroi des funébres Abîmes,

Les Ames des Châtels, des Ravaillacs enfin,
Avec des heurlemens retournent dans son sein.
Son cœur est un Foyer dévoré de leur Flâme,
Tout l'Enfer à la fois a volé dans son Ame.
Le Charme est accompli, la Nature en gémit.
Il est armé du Glaive, il s'éveille, il frémit.
Trois fois tombe le Fer de sa main égarée,
Trois fois de ces Démons la rage conjurée
Lui remet dans les mains le sacrilége Acier;
Un Cri de mort l'annonce à l'Univers entier:
L'Ennemi de la France en rugissant l'embrasse,
Et de son Souffle encore irritant son audace,
A travers les Vapeurs du Gouffre ténébreux,
Le remporte avec lui dans son Nuage affreux:
La Nuit & l'Epouvante ont devancé leur Route.

Des Peres le meilleur, le plus aimé sans doute,
Dans le sein de sa Fille, avec ce sentiment,
Qui suit du plaisir pur le tendre épanchement,
Revenoit d'adoucir la Majesté du Maître,
Sa suprême grandeur & ses peines peut-être:
Les Rois ainsi que nous y sont soumis hélas!
Et leur pompeux Eclat ne les en défend pas.
LOUIS de la Vertu sent l'heureuse assurance:
Souverain sans orgüeil, il est sans défiance:

Il vous laisse, Tyrans, ces Remparts de Soldats,
Dont les Dards hérissés présentent le Trépas,
Et qui n'empêchent point le Soupçon & la Crainte,
De porter jusqu'à vous leur redoutable atteinte.
Cher à tous les Humains, de nous idolâtré,
De l'amour de son Peuple il marchoit entouré ;
Son Fils, son digne Fils, notre douce espérance,
Délices de LOUIS, délices de la France,
De ce Pere si tendre accompagnoit les Pas.
    Le Jour s'étoit hâté de quitter ces Climats.
D'un Voile plus épais l'Obscure Nuit se couvre,
La Foudre gronde, éclate, & la Terre s'entr'ouvre ;
Du plus grand des forfaits le Monde est menacé.....
Un Monstre.... un Glaive... arrête... ah ! LOUIS est blessé !
O France !.... il n'est plus temps.... elle vole... s'écrie,....
Elle tombe à ses piés.... Dieux ! de quel Sang rougie !
Son Fils sous la Douleur sans cesse succombant,
Tend une main tremblante à son Pere expirant.
Quand la Terreur accourt sur sa trace sanglante :
Quand tout ce qui l'entoure est frappé d'épouvante ;
Quand la Nature entiere a tressailli d'effroi :
LOUIS seul est tranquille ; & la Mort voit un Roi.
Tel l'Ange de la Mer, la tête dans les Nuës,
Tranquille, entend le bruit de ses Vagues émuës ;

Et voit les Flots, les Vents & la Mort déchaînés
A ses pieds entr'ouvrir les Enfers consternés.
A travers les sanglots.... Nature ! quelle Image !....
L'amour, l'amour d'un Fils s'ouvre enfin un passage....
Que le Monstre en mon flanc n'a-t-il porté ses coups ?
Vous vivriés mon Pere, & je mourrois pour vous....
J'en ferois, ô mon Fils, mille fois plus à plaindre,
Répond le Roi ; Vivés.... Pour vous seul j'ai pu craindre...
Sur mon Peuple.... Français, en ce moment dernier,
LOUIS *le Bien-Aimé* se montroit tout entier.
Il ne peut achever. Son Palais en allarmes,
La Patrie à ses pieds qu'elle inonde de larmes,
Se cachant le Visage, égarée, hors de soi,
Et ne pouvant que dire : O mon Maître ! O mon Roi !...
Ah Barbare !... Une Cour frémissante, éplorée,
A la douleur, au trouble, à la terreur livrée,
Des sanglots étouffés, de longs gémissements,
Des cris, le désespoir qui croît à tous moments,
Des Princes éperdus..... Une Reine mourante,
Qu'entoure sa Famille avec Elle expirante.
Voilà quels nouveaux coups tu portes à LOUIS,
Enfer, là tu vois l'Homme, & tu t'en applaudis.
   Cette Fille du Temps qui souvent le dévance,
Qui des Cieux & des Mers franchit l'Espace immense;

Dont l'Aîle s'affermit & s'accroît en volant,
Dont la Voix forme un bruit toujours plus éclatant,
Meſſagere que ſuit le Soupçon & la Crainte,
Mêlant à ſes récits l'ignorance ou la feinte ;
Faible Organe du Vrai, Trompette de l'Erreur,
Plus promte à répéter le cri de la Douleur,
Qu'à porter l'Eſpérance ou ſemer l'Allégreſſe,
Dans l'ombre de la Nuit, en s'écriant ſans ceſſe,
Dejà la Renommée a volé vers Paris.

Tout eſt frappé du coup dont eſt bleſſé LOUIS.
Ces Jours où, vers le Rhin, jalouſe de ſa Gloire,
La Mort vint l'attaquer au ſein de la Victoire,
De ténébres, de deuil reviennent plus couverts ;
On n'entend qu'un ſeul cri s'élancer dans les Airs,
Tout ſe tait, l'Intérêt, l'Amour & la Nature.
On ne voit que LOUIS & ſa perte future.
On court avec fureur embraſſer les Autels ;
On les charge d'Encens & de vœux ſolemnels :
On invoque en pleurant la ſuprême Puiſſance :
La Douleur a bien-tôt couvert toute la France ;
Comme un Fleuve rapide en nos Champs débordé.
La pâleur ſur le front, par la frayeur guidé,
On ſe demande. Eh bien !.... Nous rendra-t-on la vie ?
Ses jours ?.... ſont en danger. L'eſpérance ?.... Eſt bannie.

Le Roi ?.. Va fuccomber... Ah nous fommes perdus !
Il eft prêt d'expirer.... Il expire.... Il n'eft plus !
Il n'eft plus ? Ce Cri meurt dans un vafte filence.
Il vit. Il vit !.... On voit dans fa Carriere immenfe,
Semant l'or & l'azur fur des traces de Feu,
L'Ange brillant des Lys, Miniftre heureux d'un Dieu :
Les rubis du Soleil ont couronné fa tête ;
Sur les murs de Paris il defcend, il s'arrête.
Oui, pourfuit-il, Français, votre Maître eft vivant.
C'eft moi qui vous l'annonce au nom du Tout-puiffant,
L'Eternel a voulu conferver fon Image.
D'un Démon deftructeur il enchaîne la rage ;
Pour jamais il le plonge aux Gouffres infernaux ;
C'eft ce Démon cruel, feul Auteur de vos maux,
Qui, pour combler l'excès de fa noire furie,
Vous difoit que LOUIS avoit perdu la vie.
Il refpire : la Gloire environne fes jours.
D'un Regne bienfaifant il étendra le cours :
Il verra fa Famille augufte & floriffante,
Comme autant de Rameaux d'une Tige abondante,
Perpétuer fon Nom, fon immortel éclat.
La Race des Bourbons régira votre État,
Jufqu'à ces Temps cachés dans une Nuit profonde,
Où doivent s'écrouler les Fondements du Monde,

Et devant l'Eternel porté fur les Eclairs ;
Comme le Plomb fondu s'écouler l'Univers.
Allés, Français, volés aux pieds de votre Maître :
Il vous aime toujours. Soyés dignes de l'être.

Ah ton Peuple, Grand Roi, mérite ton amour !
Tous les cœurs par ma voix te parlent en ce jour ;
J'apporte à tes genoux l'offrande de leurs larmes.
Du bonheur d'être aimé goûte bien tous les charmes.
Oui ton Peuple t'adore . . . . oui tes zélés Sujets
Te feront oublier. . . . . Que le Monftre eft Français.
La Grece, des Héros la Mere & la Patrie,
Vit fon Temple embrafé des mains d'un Grec Impie ;
Et parmi fes Enfants Rome en pleurant compta
La Perfide nourrie aux Autels de Vefta.
Vois, LOUIS, dans la France une famille entiere
Qui donneroit fon fang, qui mourroit pour fon Pere.
Que fon refpect, fes vœux, fon hommage éternel
Chaffent de ta mémoire un fouvenir cruel.
Viens te montrer aux yeux de ta Ville chérie :
Elle te tend les bras ; Paris entier te crie.
Le Vieillard expirant ne retient fon foupir ,
Qne pour te voir encor, t'adorer, & mourir.

La Perfide nourrie. La Veftale Tarpeïa.

De ſes ſoins maternels l'Epouſe moins touchée
Sur ce flatteur eſpoir tient ſon ame attachée :
Son Epoux inquiet s'échappant de ſes bras,
Cherche ta vüe & vole au-devant de tes pas.
L'Enfant même au Berceau treſſaillira de joie ;
A cette pure ivreſſe ils ſeront tous en proie....
Ils baiſeront tes pas ... Les mouilleront de pleurs....
Leur tendreſſe expiera le plus grand des malheurs.

  Et Toi de notre Maître Image ſi Fidéle,
Du Héros & du Fils à ton tour le Modéle,
Prince, qui près du Trône en détournes les yeux,
Après LOUIS enfin le plus cher à nos vœux :
Favorable au tranſport qui pour lui nous anime,
Daigne mettre à ſes pieds ce Tribut unanime.
C'eſt à la Bienfaiſance, à l'Amour, aux Vertus,
A préſenter l'Encens qu'on brûle pour Titus.

F I N.

POÈME.

De les foins maternels l'épould mieux touchée
Sur ce jour éplorient ton ame attachée;
Son Époux inquier s'échappant de tes bras,
Cherche ta vûe & vôle au-devant de tes pas.
T'inspire même au Sur & te ... le joug,
A cette pure ivresse ils ... tous en prox.....
Ils hniferone tes pas ... Les ... de plans.....
Leur tendresse espiera le plus grand des malheurs:
Et Toi de paris là-bas Image à l'Italie,
Du Héros & du fils à son cour te Medill...
Prince, qui prés du Trône en déponmes les yeux,
Après LOUIS ... la plus cher à nos vœux:
Favorable au tribun qui pour lui nous anime,
Daigne mettre à les pieds ce Tribut unanime,
C... Bienfaisance, à l'Amour, aux Vertus,
... Erreurs qu'on brûle pour Titus.

FIN.